길 위에 홀로 서서

길 위에 홀로 서서

지현경 제2시집

대양미디어

살아온 길 돌아보니

글머리를 앞세우고 끝을 잡아당긴다. 주름진 페이지마다 담고 싶은 알갱이들을 챙겨가며 이말 저말들을 이어 글줄을 따라가 봤다. 2015년 9월에 첫 시집을 발행했으니 자신감이 좀 생겼다. 글쟁이도 아닌 사람의 토막진 말과 촌스런 글이 마음에 덜 차지만 기억에 남는 것들을 들추어 가면서 써봤다. 주변에 모인 친구들에 대한 것과 민초들의 삶이 어린 애환, 그리고 그들로부터 전해 받았던 진한 생활의 고심들을 끼워 넣었다. 둘러앉아 마주보고 나누던 정담들과 도저히 그냥 넘어갈 수 없었던 애수도 추려 실었다. 우리가 사는 구석구석이 때로는 어찌나 자유롭고 행복한 면이 있던지 그것도 퍽 재미가 있어 함께했다. 이것들을 합치며 내가 살아온 길을 돌아보고 서

로 얽혀 사는 사회상을 골라 책으로 엮는다. 움푹 파진
자국이지만 남은 시간 아껴가면서 다시 또 새로운 행보
의 족적을 남기고자 낯선 내일로 떠난다.

2019년 3월
제2시집을 내면서
지현경

새 해

낡은 전등 희미한 불빛
2018년을
다사다난했던 우리들 몸과 마음과 그리움이
역사와함께 영원하여라

뜨는 태양의 붉음이
2019년을 알린다

새해를 맞이하여
남과 북이 하나 되어
손에 손 꼭 잡고 얼싸안으면서
동포여 형제여
71년 만에 만나보자

흘린 피 닦고 지우며
꽃동산 만들고
아름답던 금수강산 철갑을 두르듯
우리 소리 세계로

굳세게 드높이고
영원한 우리 국민
영광되게 애쓰자

우리가 중심국
동양의 해 뜨는 나라
불변의 명당 한국
세계를 거느리라!

2019년
지현경의 희망의 빛이어라!

차 례

제1부
마음이
머무는 곳

고 향

내가 나고 자란 태 자리
우리 마을 우리 집
흔적은 있어도 사람은 바뀌었다

떠난 지 오십 이년
그때 모습은 볼 수 없고
아껴주시던 어른들도
극락으로 가셨다

동창 선배 후배 거지반 떠나고
낯모른 사람들이
한분 두분 늘어만 간다

타향 가는 이사길 막지 못해
허전한 마을 되었으니
남의 동네 같구나

꿈에 본 내 고향

2017년 5월 새벽 3시 30분,
꿈속에서 만났던 정다운 고향 사람들
그 옛날 살다가 가신지 오래 된 분들이었다

얼굴도 가물가물 한데
생시인 듯 반갑게 대해주시고
이웃들과 오순도순 살던 모습들이
생생하였다

십리길 밖 시장터에
즐비했던 가계상과 상가 주인들
꿈속에서 만날 때 옛날이 다시 떠올랐다

어찌하여서였을까
새벽꿈에서라니

극락에서 편안하소서
영원토록 극락왕생 하옵소서
빌고 또 빌었다

박속나물

어릴 적 먹던 박속나물
속살 빼서 된장으로
무쳐먹었다

식구는 많아
일 년 내내 농사지어도
턱없이 모자랐다

산나물 밭 나물
논둑에 난 쑥 나물로
허기진 배 채우고 살았다

박속 긁은 데다 쑥 넣고
보리 가루 범벅 해서
어머니는 정성들여 가족을 먹이셨다

밀 밭

푸릇푸릇 자라나서
나풀나풀 춤을 춘다
녹색의 손으로 주인을 웃으며 반긴다

한밤자고 두 밤 자고
쑥쑥 자라난 키
모질던 지난겨울 용감하게 밀어냈다

봄바람 훈풍에 알알이 차오르고
논밭에 가득한
녹색의 군무들이다

스치는 봄기운에
부채춤 추는 밀대들
이 논도 저 밭도
풍년이라고 전한다

아버지의 고무신

우리들 잠깨기 전
질척거리는 논밭 길을
이른 새벽에 다녀오셨다

아침밥 잡수시자마자
삽을 들고 나가시던 아버지
하루해가 다 지도록 논과 밭에 사셨다

물 귀도(물 빼는 곳)
쥐구멍도 수시로 살피며
봄부터 가을까지
한 순간도 편히 앉아 계시지 못하셨다

오직 가족들 생각에
흙탕길을
묵묵히 걷고 걸으셨던 아버지

뒤꿈치에 구멍이 날 정도로
신고 또 신으셨던
고무신 한 켤레만 남기고 가셨다.

동박 새

저 멀리 바다위에 우뚝 서
육지를 바라보고 있는 섬, 거문도
섬이 세 개라 해서 삼도三島라고도 했다

장흥 관산에서는
아스라한 바닷길의 섬

겨울철 농한기에 어머님이 미꾸라지를
삼도에 내다 팔으셨다
오실 때 삼치랑 귀여운 새 한 쌍을
사오셨다

노란 부리 파란 날개 작은 몸집
파도를 헤치는 뱃머리에 앉아
우리 집으로 왔다

대 조롱 안에 물 한 종지기
서숙(조) 한줌 넣어주면

조잘조잘 먹고 마시던 소년의 친구

삼도의 명물 새 한 쌍을
아들이 좋아해서 고이 안고 오셨던
어머님이셨다

* 서숙 : 조의 방언

걸어 온 길

눈이 오나 비가 오나 기다리시던 어머님!
꿈을 안고 부모님 품을 떠나던
그 날부터
날마다 밤잠 못 수무셨다는 어머니였다

1967. 8. 17일 1,800원 손에 쥐고
무작정 떠나던 새벽길에서
어머님도 울고 나도 울었다

가진 것은 오직 성실 뿐
차가운 서울 거리에서
부지런하고 정직하게 살자며
온몸을 바쳤다

죽음도 두렵지 않아
6년간 직장생활에 혼신을 다하였다
한 푼 없는 총각이 사업한다고 뛰어든 인생

지켜보시던 사장님들 눈에 들어서
장사 밑천 대주어 성공하였다
그 도움 그 은혜 갚기 위해 40여 년
봉사 일에 혼신하였다

한순간 사고에서도 깨어나고
세상일 더하라고 하나님이 목숨도 구해주셨다
죽음을 극복하고 다시 살아나
날마다 즐겁게 베푸는 일에 나선다

새벽 문을 여신 아버지

희미한 보안등 비치는 새벽어둠을 뚫고
직장에 나가시는 아버지
어제 밤에도 늦게 들어오셔서
작업복을 미리 챙겨두셨다

곤히 잠든 어린 자식들
얼굴 한번 만져보고
살며시 미소 지으시며 나가셨다

잘사는 사람들 등 뒤에서
땀으로 사시는 아버지

추석명절에 돈 쓸 곳이 많아져
평소에 하시던 일이
두 배로 늘으셨다

늙어만 가는 얼굴에 계곡을 이루는 주름
일생에 진 짐 벗지 못하시고

자식들 위해서
오늘도 새벽의 문을 여신다

* 2016년 추석날 오전

부모님 생각 · 1

힘들 때 더 보고픈
부모님 모습

가정 꾸리고 어렵게 샛방 살이 할 때도
단란하게 온가족모인 밥상머리에서도
낳아주신 아버지 어머니 생각

애지중지 키워서
결혼시켜 주시던 날
부모님은 우셨지 기쁨의 눈물을

생각나고 그리워지는 나의 부모님
가신지 몇 십 년 됐어도
옆에 계신다

부모님 생각 · 2

편할 때는 잊고 살든
부모님과 형제들

살다가 굴곡져
하루하루 힘겨울 때
의지할 곳은 내 부모 내 형제 뿐이었네.

자식 낳고 행복 속에
시간가는 줄 모르다가
홀쩍 떠나신 부모님 어디에도 안계시니
열 가지 백가지가 길이 막혀버렸네

아들딸 기르는 법도 가르쳐 주셨는데
부모님 불러 봐도
아무대답이 없으시네

부모님 생각 · 3

갈 때마다
사립문 앞에서 기다리시던
부모님

설 때도
추석 때도
찾아가 뵙던 두 분
지금도 고향집에 계신 것 같다

고향집 마당을 혼자 서성이다가
아버지 어머니를 떠올리며
뒷산 산소로 올라간다

아버지 따라 수 백 번 걷든 그 길을
지금은 나 홀로 외롭게 오른다

희망을 먹고 살았다

농촌에서 태어나
눈 뜨고 숨을 쉬었다
걸음걸이도 배우고
사는 방법도 깨우쳤다

꽃잎 만지며 추억을 담고
달팽이가 기어가는 소리에 빠져들었다
꽃향기 속에 파묻혀 신비로운 세계를 보았고
논두렁 갯셋통의 미꾸라지와도 놀았다

메뚜기 날갯짓에
다 익은 벼만 죄 없이 쓰러질 때도
날마다 꿈꾸던 앞날의 세계가
천진한 소년의 희망이었다

* 갯셋통 : 논에 물을 대기 위해 만들어 놓은 구멍

명사십리에서 다짐한 결심

18세 농사꾼 현경이가
불철주야로 키워왔던 꿈을
완도 명사십리에 뿌렸다

장흥군 대덕면 회진포에서 화물선타고
가마솥단지 완도 명사십리 바다에 띄워 밀고 나갔던 용기로
대대로 내려온 농사기법을 전수 받아
씨앗을 기름진 땅에다
정성들여 심었다

부푼 희망이 머리를 스칠 때
티 없이 맑고 샘물처럼 솟아난
끝없는 희망이 가슴에 벅찼다

한마지기 농사로도
다수확을 생산하던 시절
배우고 실천하며 맺은 결실이었다

세계로 미래로
끝없이 펼쳐진 과학영농기술을 익혔다
초가집 속에서 초꼬지불이 활활 타올라
농촌의 깊은 밤이 짧기도 하였다

＊ 장흥군 관내 농촌후계자 완도 명사십리 여름캠프교육 중에

추억의 홍매화

아름답고 예쁘다며
바라보던 홍매화
오며가며 하던 손짓 그립다

꿈속에 찾아온 친구들과
손잡고 나들이 할 때
봄을 부르는 꽃샘바람이
잠자던 봉오리를 흔들어 깨웠지

천관산에서 태어난 고향 꽃이
천리타향 서울 하늘 아래
하늘정원 한적한 곳에서
예쁘게 피었다

어린 시절 반겨주던 추억의 꽃이
마른 숲 풀 속에서도
쌩긋 웃는다

부모님을 생각하며

천지 안에
아버지 저를 낳으시고
어머니 저를 길러주시어
이 몸이 세상 빛을 보았습니다

아름다운 고향
하발리 등촌에서
부러울 것 없이 자란 불효자가
부모님 생각 사무쳐
때늦게 비를 세웁니다

생전에 편안히 모시지 못한
소자의 모자람을 용서하여 주시옵고
극락에서 왕생평안 영원히 하옵소서

＊ 2017. 2 三子 현경 올립니다
＊ 2017. 3. 6 부모님 비석을 세움

여명을 열고 쓰다

신정 설을 맞자마자
칠십삼 고개에 올라선다

동서남북
다 열어놓고
사방에서 오라한다

등산길 힘들 때는 돌아서면 그만인데
이 고개를 넘는 길목엔
수문장도 없다

즐겁고 기쁜 일 안 겪은 일 없으니
칠십삼을 넘는다 해도 아쉬울 건 없지만
인생살이 고비마다
땀 흘리며 넘었다

고개고개 아쉬운 굽이
막고 잡는 이 하나 없는
여명에 앉았다

새해의 0시

적막마저 잠들어 있는 시각
작년이라는 세월은 역사를 감추고
시대를 끌고 가버렸다

젊음이 있어 뛰었고
꿈이 있어 그렸을 때가 엊그제였는데
가슴 차분히 숨을 고른다

세월은 다시 장막을 열며
초를 다투는 시간이
고개를 든다

남녘에서 살다가
북쪽에 와 밥 먹는 사람들
또 한세월 땀 흘리는 짐을 지고
절벽을 올라야한 새 아침이 열린다

돌계단

두꺼운 돌 얇은 돌을
가지런히 놓은 계단이
건장한 건물마다 줄줄이 놓여있다

많은 사람들이
오르고 내리는 길
하루 종일 밟히면서도
묵묵히 참고 있다

출근 때 온 길을
퇴근하면서 밟는 돌

얼마나 밟혀야
이 돌이 다 닳을까?

내 마음

기쁨과 즐거움이
마음먹기에 있음을 깨닫는다

밭밑 돌부리에노 옥이 있듯이
희로애락 속에서도
베풀면 옥이다

다듬은 돌은 부잣집으로 가지만
떨어진 조각돌은 길바닥에 깔리듯이
인생길 청산을 바라보면
부귀영화란 무엇인가

목숨 다 할 때까지
쌀 한줌이라도 서로 나누어주고
갓털씨처럼 멀리 사라져도
후회는 없으리

마음의 문

열 번 물어봐도
알 수 없는 것은 사람마음

깊은 물길 속은 알 수 있으나
사람마음은
알 수가 없다 한다

마음 담기지 않은 선물은
겉포장만 화려하고
사랑담은 선물은 내용물이 충실하다

한 솥에서 밥을 먹고 함께 뛰는 친구도
마음은 알 수가 없어
돌아서서 비웃는다

삼십년을 함께 했던 오랜 친구도
정치판 논 할 때는 여야로 나뉘니
흑인지 백인지도
구분하기 어려운 사람의 마음이다

기다리는 마음

봄비 내리자
언 듯 찾아온 손님
파아란 싹이 돋아난다

비 그친 때
모처럼 오셨다 가버린 님
머물던 자리에 자국만 남았다

잠깐 들렀다 가는 바람
시원한데
해 넘겨 먼데서 오신 손님

그 자리
이젠 흔적조차 없지만
다시 기다린다

나의 별

아름다운 별이 있다
평생을 같이 있어도
나타나지 않는 샛별이다

즐거울 때는 누구보다 더
즐거워하면서
미움이 찾아올 때는 마음 토닥이는 별

가서는 안 될 길은
발걸음을 당기고
가야할 길을 앞서서 밝게 비춘다

기쁨도 슬픔도
함께 하는 별
힘들고 어려워도 올곧게 살라 하며
지혜로 세상길을 조심히 가라한다

세상에 태어날 때 나와 같이 태어 난 별
보고 듣고 먹고 입고 같이 살아왔는데
칠십삼 고개를 넘어서야
다시 너를 찾는다

기 억

어둠에 깊은 밤
정적이 귀를 울린다

새벽 찬바람은 창문으로 스미고
눈을 감고 세월을
살며시 거꾸로 돌려본다
모래알 속에서 수많은 기억을 찾는다

스쳐가는 얼굴들
떠오르는 이름 석자
가물거리는 추억들이 마음 끝을 당긴다

친하디 친한 친구 이름도 생각 안 나고
한 친구는 알겠는데
박 선생 옆의 친구는 누군지…

희수稀壽가 쫓아오니
나이가 문제가 인가
세월이 문제인가

가는 길은 부처님도
가르쳐 주시지 않으셨지

나는 너를 좋아해

네가 없으면
삭막하고 외로울 텐데
항시 푸른 너를 좋아했지

바람 불고
비오고 눈이 내려도
언제나 그 자리를 지켜주고 있는 너
힘들고 외로울 땐 너의 곁을 찾아갔었지

서울에 살다가 고향에 왔을 때도
너를 찾았지
변함없이 나를 반겨 준 소나무야

어릴 적에는 같이 자랐는데
지금 너는 한 참 때로구나
나는 백발이 다 되었다

만고풍상 뒤로하고 나 사라지거든
전해다오
옛날에 좋은 친구 있었다고

가 난

기다리는 자
쫓아가는 자
뛰는 자 생각하는 자
누가 먼저 선점 하겠는가?

일찍 일어나 생각하고
앞서 뛰면서
부지런해야 산다

세상에 가난하다는 사람들보면
하는 것마다 게으르고
일하기 싫어하기 때문이다

가난은 자기가 만드는 것
이것을 모르고
가난하게 살고 있다

고 통

힘들고 어려워도
가족부양을 위하여
참아야했던 숱한 고통들

수 십 년 해온 일들을 날마다
눈 딱 감고 이겨내려고
입술을 깨물며 감내했다

이다지 힘든 삶이란
겪은 후에야 알 노릇인데
지금도 그때 그 아픔을 겪어야한다니
역부족이다

주름지고 온 몸 쑤셔 밤잠 설치며
강물에 떠내려 가듯 내일로 가고 있으니
일 안 해본 사람들은
이 고통 어찌 알겠소.

고된 하루

매고 지고 들고
계곡 비탈을 오른다

숨은 컥컥 자고
옷은 땀에 흥건히 젖는데
한발 두발 계단 오르기가 백년 같다

찾고 찾아봐도
매일 그 일에 그 일이라
벗어날 길 없다

몸은 둔해 느려지고
할일은 산더미로 남았으니
오늘하루 할일도 끝이 없어

허덕이며 살아온 일생 희망은 절벽이라
꿈속에서라도 한 번
편한 삶을 살아봤으면 좋겠다

눈 물

너나 나나 짐승도
눈물은 있다

살아가면서 누구나
흘리는 눈물

따뜻한 가슴의
뜨거운 눈물이 있고
기쁨이 넘쳐나
즐거워 흘리는 눈물도 있다

괴로울 때 흘리는
아픔의 눈물
영원토록 지워지지 않고
기억에 남을 것이다

내가 가고 싶은 길

행복하려면
즐거운 일 곁에 있어야 한다는데

웃음 꽃 피는 분위기 만들고
즐겁게 먹는 자리
준비해야지

싸우는 연속극 보지 말고
명랑 가족 삶을 기억해야지
쇳소리 나는 곳 피하고
화재장면 보지 말아야지

인상 쓰는 사람 멀리 하며
웃는 사람 친구해야지
분위기 깨는 자 피하고
진실한 이 가까이해야지

베푸는 자 벗하면 함께 따라 베풀고
주고받는 우리의 삶이
인생길도 좌우한다 했다

신경 쓰는 일 멀리하며
좋은 일만 구하리라

낙 엽

우장산 기슭에 서 있는
장대목 한그루
비바람 한설 견디며
낫낫하게 지켜 온 세월

한창 푸르렀을 땐
찾아오는 이도 많았는데
뒤 돌아보니 아득히 먼 길이 되었네

햇볕도 가려주고
비를 막아주던 나무였지만
늙고 병들어 남아있는 가지마저
전같이 자리를 지켜줄 수 없어라

발아래 가득 쌓이는 낙엽
치워 주는 이 없어
밟고 지나는 무심한 발길 뿐이다

* 장대목 : 우장산 아래 사는 지현경

제 3 부
나 홀로
걷는 길

버릴 수가 없네

쓰다 남은 것도 버릴 수 없고
쓰다 버린 쓰레기도
쓸모가 있다

그 속에는 배울 것도 있고
재활용할 것도 있으니까

어른들 말씀에
절약하고 아껴 쓰고
함부로 버리지 마라 하셨다

사람이란 가르치면 깨닫는 동물이다
어떤 사람은 몇 번 듣지 않아도 잘하고
어둔한 친구는 알아듣지 못한다
그래도 친구는 버리지 말라 했다

못나고 못생겨도
가치 있는 것이 인생이다

인 연

태어나 마주치는 얼굴들
언제 어디에서도
만나는 사람들

천태만상의 사람들 중에
친한 이는 누구였지?

마음을 나누고
정도주고
그런 사람 몇이나 될까

물력과 권력에 끈 떨어지면
흩어지는 발길들
이것도 인연이라 말할 수 있을까

돈 없고 빽 없어도
가까이 지내는 사람이 좋은데
달고 쓰고 나뉘는 입맛 따라 몰리는 그들을
어찌하여 인연이라고 말하는지 모르겠다

운 명

독수리 허공을 날아도
풀밭 위 토끼는
그림자도 모른다

맹금이 먹이 감을 노리는데
토끼는 땅만 보며
배 채우는 데 정신을 쏟는다

저 죽는 것을 모르는 운명이
처량하다

민들레의 고통

메마른 마사토에서 들리는
생명의 숨소리
갓털 한 개가 날다가 땅에 떨어져
밑씨가 되있다

깊은 밤
새벽 찬이슬 머금고 싹을 틔워
자동차 바퀴를 피해 정착을 했다

흙먼지 뒤 덮히고
차바퀴에 시달리고
사는 것이 목숨이라 죽기 살기 살아간다

힘들고 고달픈 생명
하루하루가 어려운데
사람들이 남은 잎마저 밟고 지나간다

사는 것이 팍팍해도
갓털 날려 후손 남기고
떠나는 민들레의 고통을 가슴속에 담는다

잠을 빼앗은 더위

옥상에 익어가던 노란호박 한 덩이
더위를 견디다 못해
아주 잠들어 버렸다

후덥지근한 여름 밤 길기만 한데
깊은 잠 들지 못하고
귀뚜라미소리만 들린다

장독 위에 떨어지는
땡감소리에
앉았다 누웠다 공상에 젖어
얼마나 흘렀나 시계만 쳐다본다

설 잠

지나간 일인데…
추억만이 새록새록
살아난다

즐거웠던 순간들
외로웠던 그 시절들
나 혼자서 더듬어 보며
그리움에 사무쳐 잠을 설친다

눈귀는 어두워졌지만
가버린 청춘을 한 숨으로 들추다가
오늘도 잠 못 이루고

흘러간 순간은 영영 돌아오지 않는데
가슴 미어지는 사연들이
야윈 나를 울린다

영시에 앉아

아무생각 할 수 없게
모든 것이
정지 되었으면 좋겠다

이 생각 저 생각
힘들게 살아온 걸음이
지워지지 않는데

고민에 고민을 거듭하는 나날
볼 수 없고 그릴수도 없는
내일의 생각들

희망의 끈만 굳게 잡고
두 손 모아 소원 빌며
명상에 잠긴다

비온 후

비온 후
창밖의 거리가 가까워졌다

인왕산이 멀리서 사진처럼 보이고
뿌연 매연 사라진 마을
가슴이 확 뚫린다

어제는 비가 와
솔잎들이 목욕하고 있더니
비가 갠 오늘 아침
잎새들이 활짝 펴 물기를 말린다

나무마다 제 먼저
인사를 한다

안전 불감증

푸드득 푸드득 날개 짓 하는
들 꿩 한 쌍
언제나 만약을 대비하고 있었구나

아무리 바빠도
날개 짓을 소홀이 하지 않아
살쾡이의 불시침공도
사냥개의 날쌘 공격도 걱정 없다

날마다 미리 미리
경계하고 있기 때문이다

야생동물들도 안전을 꾀하는데
사람이 안전 불감증이라 하니
기막힐 노릇이다

백조를 기다리며

잊지 않고 올해에도
밤길 헤쳐 오겠지
가을걷이 끝나면 훨훨 날아오겠지

찬바람이 불어도 눈비가 내려도
우리동네 저수지에 사뿐히 내려앉아
너의 노니는 모습 바라보고 있었다

해마다 겨울이면
저수지에서 유유자적 노닐던 너의 모습이 그리워진다

깊은 밤 밖에 나와
달빛을 바라보고 있을 때
조용히 홀로서서 고향을 그리던 백조야

함께 날고 함께 앉던
변함없는 모습에
사랑의 천사라 했었지

사진 속을 볼 수 있는 눈

사진을 볼 수 있다면
살아있는 사람이다
가까이서 멀리서 살피는 눈

꿈틀대고 숨을 쉬고
휘날리고 떨어지는 저 생명들 모두
깨끗한 눈에 때 묻으면 보이질 않고
세상 떠날 때가 가까우면
안 보이는 눈

물안개 자욱한 계곡천 향기는
가슴으로 느끼고
코끝으로 만나 볼 뿐

두 눈은 생기로 살고
물방울은 나비 되어 난다
가느다란 실뿌리 타고 흐르는 물기둥을
살아 있는 눈으로 본다

세상은
멋진 사진이기에

추억의 잔상

잔상으로 남은 추억들을
한 점 두 점
그리움으로 찾아본다

밀알처럼 숨겨 놓은 사랑
그 아름다웠던 시절
달콤한 향기로 새록새록 다가오고

매끈하고 뽀송뽀송해서
볼수록 귀엽던 소꿉동무들
어릴 적 그 시절 끝없이 떠오른다

낙엽을 밟으면서 희망을 그렸고
무리지어 새끼줄 감아 공을 차던 그 날들
그 순간의 이야기 끝이 없었다

주고받은 약속
작은 소망과 결심들
푸른 하늘처럼 맑았었다

학교 길에서도 동네 골목에서도
우리들의 꿈은 풍선처럼 부풀었으며
집으로 가는 발길
웃음의 손짓으로 내일을 다짐했다

영원히 사라질 뻔 한 추억의 잔상들이
하나하나 너무 아려서
잠에 들지 못한다

땀

흙 냄새나는 땀
눈물겨운 땀

민조 존로
상인 선비 노동자
이들이 흘리는 땀은 눈물이다
이들의 아픔을 누가 알겠는가

배부른 술잔엔
땀과 눈물이 있을까

밟히고 천대받고
끼니마저 걱정해야해야만 했을 때
힘들고 지친마음 가누면서
땀과 눈물을 섞은
독주를 마신다

빈자리 있습니다

앉으세요
여기 자리 있습니다
우리 금방 내립니다

고마워하면서도
머뭇거리는 노인

그 사이
옆에 선 젊은이가
예의 없이
먼저 덜컹 앉아버린다

낙엽이 가는 곳

쌓이고 쌓인다
바람 불어 날리는 낙엽
발도 없고 손도 없어
바람 부는 대로 따라간다

날 밤 새며 모이고 모여
구석진 곳에 쌓이고
한 겨울을 지새울 몸 야위고 으스스하다

대한이 지나고 입춘의 길목에 서면
겨우내 버림받은 이파리들이
돌아갈 땅을 찾는다

새 생명 움트는 기운 불어 넣고
예쁜 꽃망울로 환생시킬 봄바람은
그 낙엽을 온밀하게
밟으며 온다

외로운 나그네

배낭을 걸쳐 메고
먼 길 떠도는 나그네
삶이 어려워 강 건너고 산 넘는다

산모퉁이 지날 때면 발길도 지쳐 무겁고
아무 곳이나 쉬어가자니
쉴 곳마저 없는 사람

조금만 더 가면 쉬는 곳이 있겠지
처자식 생각하며
터벅터벅 무거운 발걸음을 뗀다

피곤한 인생길에 만난 노송
오직
그 자리에만 서 있다

지친 나그네를 품어주는 넓은 가슴
그 그늘아래 쉬어 가는
외로운 나그네

우 주

빛을 이길 수 없는
어둠
빛은 영원하다

어둠은 잠이고
빛은 눈
그림자는 항상 형상을 감추고
빛은 앞서 길을 안내한다

빛이 있어
생명이 생겨나고
어둠으로 만물이 소멸된다

이렇게 우주는
한 꺼풀씩 열리고 있다

국화 향기

어제도 피었더니 오늘도 피었네
그윽한 국화 향기 속에 꿀벌이 난다
사이사이 헤집고 파고드는 꿀벌 무리들
향기에 취해 꿀에 취해 빨던 꽃 또 빨고

이름 모를 나비들은 주위를 맴돌며
60여 평 소국 울타리를
소리 없이 휘젓고 다닌다

잔디밭 한 가운데는 모래방석이 되었고
어제 피었던 꽃이 나를 반기더니
오늘 아침에 피는 꽃도 나를 반긴다

땡볕에 심고 가꾼 정이 눈부시게 아름다워
벌 나비들과 함께 축제 한마당을 즐긴다

제 4 부
세월이
흐름을 보며

언 약

사랑한다는 그 말
말이나 말지
좋아한다는 그 말 하지나 말지

하고 많은 사람들 중에
오직 당신이었는데
거짓말같이 내 곁을 쉽게 떠날 줄이야

믿을 수 없었지만 그래도 믿었는데
내 마음만 빼앗고 떠나버린 당신
이제와 잊으려 해도
잊을 수 없네

사랑한다던 그 말을
내 가슴에 남기고 간 당신
'사랑한다' 는 네 글자만 종이 위에 남아 있네

* 2017. 5. 6. 친구 나연순 씨 남편이 돌아가셨으니 생각이나 써본다.

주목나무

살아 천 년 죽어 천 년
주목을 떠올린다

아시아에선 중국에만 있다는데
우리고향 죽청 마을에도 천 년 묵은 지름 105cm주목이
있었다

일제치하
6·25사변도 다 겪으며
만고풍상 물리치고
동네 수호신 되어주었지

천년 넘게 살다 쓰러져
동네 길을 가로 막았던 신령한 나무
아무도 손 대지 않았다

기계톱으로 토막을 낸 후
땅을 파고 밑으로 트럭 들어가 싣고
가구공장으로 실려갔다

조용한 아침 밥 짓는 연기 바라보며
쓸쓸히 마을을 떠날 때
동네사람들 모여 숙연한 눈빛으로
손을 흔들었다

* 전라남도 장흥군 관산읍 죽청리 사장나무 주목 2002년 8월 루사 태풍
에 쓰러졌다.

옥상의 꽃 사과

보슬비가 땅을 촉촉이 적시는 4월
꽃 사과 잠깨어 부푼 젖가슴 열고
향기를 날린다

묶였던 꽃 봉우리 주렁주렁 매달고
살랑살랑 봄바람 타고
손님을 반긴다

6형제 손 붙잡고 노래 부르며
연두 색 치마저고리로
춤을 춘다

엄마가 꺼내주신
하얀 속옷입고 기다리는 날
벌들이 예쁜 네 집을 찾아와
봄소식을 전한다

* 꽃사과 필 때 6개가 붙어 있다가 활짝 필 때 하얀 속잎 보이며 서로 손을
  놓는다.

봄 늙은이

찬바람 가시니
아지랑이 뒤 따라와
잠자던 개구리 잔등을 밟고 지나간다

개골물의 송사리 떼가 외출 나오고
등산객 발자국 소리에
새들이 도망간다

다람쥐들 뛰어노는 칡덩굴 속에서
꿩 새끼들 숨바꼭질
시간가는 줄도 모른다

고요한 천지
만물이 얼굴을 내밀고
늙은이 나무꾼은 해 저물어 가도
섶나무 한 지게도 다 못 채우고
따사로운 잔디밭에서
낮잠만 잔다.

새벽 축구

꼭두새벽부터
나갈 준비에 바쁘다

하는 일 별로 없는데
왜 이리 설쳐댈까
새벽 5시에 문 열면 어둠이 반겨준다

가볍게 몸을 풀고
운동장 한 바퀴 돌고나서
작은 공 가운데 놓고 좌우로 정렬한다

구호가 끝나면
짝수 홀수 갈라서서
백수끼리 숨차게 운동장을 뛴다

서로 보면서 웃고 즐기는
재미있는 새벽축구
한골 두골 넣다보면
잘*찬 것이 골이 된다

백수들의 새벽운동
평생을 뛰어도 마냥 즐겁다

가곡천에 머무는 밤

밤손님 없는
청정 동네
선비 나는 깊은 마을

심산유곡이 길러 냈으나
알아주는 이 아직 없고
귀향의 밤은 깊어 외로움이 머문다

임은 입 다물고
송사리도 잠들었음인지
가곡천 물소리만 굽이도는 먼 산촌

공자님 묵고 가신 가곡
부처님도 쉬어가
속세 벗는 무명 조無名鳥의
속울음만 애달프다

* 가곡천 : 태백산 골짜기 이용대 선생님이 사시는 마을의 강 이름

사무실 벽시계

똑딱똑딱똑딱
사 십년 전에 걸어둔 낡은 벽시계
외판원 등에 업혀와 사무실을 지켰다

태엽 감아 밥 주고 바늘 돌려 시간 맞추고
자동차소리에 묻혀 숨죽여 있다가
조용해지면 추 소리만 낸다

사 십년동안 주인 지키며
함께 지내온 태엽시계
긴긴세월 보내고 나니
값비싼 골동품이 되어버렸다

떡볶이 인생

떡볶이 인생이지만
열심히 살았다

추울 때나 비바람 칠 때
눈보라 칠 때나
한자리에서 팔아온 떡볶이 아줌마
가래떡을 뽑아서 양념장에 버무른다

맵고 짜고 달고 시고
고소한 그 맛에
다섯 가지 양념 맛이 인생살이와 똑같다

떡볶이 장사 50여년
자식 가르치며 울었다
고된 일손 놓으니 허망하구나

기다리는 사람

연말 끝자락
추위와 함께 홀로 앉았다

별관심이 없던 친구는 찾아오는데
친한 친구는 전화도 안 한다

서운한 마음 감추고 홀로 시간을 보내며
이래저래 생각을 주워 담아
보일까 쫓아 찾아봐도
희미하게 사라져버리는 그 사람

수첩 속에서
이름 다시 찾아본다

다 떨어진 축구 유니폼

낡아빠진 유니폼
냄새도 나고 색깔도 바랬다
등번호조차 잘 보이지 않는다

봄여름 가리지 않고 입은 유니폼
어둠 속에서는
색깔이 편을 가른다

날마다 입고 나간 유니폼
새 유니폼 두고
헌 유니폼만 챙기는 우리조기축구회

축구와 친구들이 좋아
땀 냄새 풍기며
새벽 어두움을 뚫는다

술의 향기

미래를 꿈꾸게 해주는 술은
기분 좋은 마술이다

용기를 만늘어
큰 붓으로
밑그림을 그리게 한다

세월은 시간
청춘은 연속
술의 향기는 내일을 향한 영혼이다

한 잔의 행복으로
즐거이 미로를 헤치며
푸른 그대를 찾아 훌훌 흘러간다

친구들

억겁에서 환생으로
세상에 태어난 나
만나는 사람마다 형제애를 느낀다

한번 만남도 피치 못할 인연인데
단체로 만난 사람들
서로가 존경하는 사이다

인연 따라 맺은 친구들
배우면서 나누는 정으로 살아온 우리들
높고 낮음이 없는 벗들이다

회의 때마다 한마디씩 툭 던진 말이
나를 교훈 삼으라고 한다
맺는말도 마무리로
나를 거울삼으라 한다

삶이 교육이었다
선생님이라 불러준다
들을 때 마다 긴장이 된다

* 2017년 강서축구연합회 강서구청장기 축구대회를 치루고

정다운 친구

가끔씩 찾아오던 이가
언제 떠났는지
영영 소식이 없다

말씨도 곱고 정도 많았고
참 좋은 성격에다
우정도 깊어갔다

잊을만하면 생각나는 사람
가을이 돌아오니
문득 문득 그 사람
그리워진다

만나고 싶지만 만날 수 없고
가신지 오래
그곳에서 잘 있어다오

그 사람 소식

참고 또 참아 봐도
오지 않은 전화 한통
더위에 지쳐서 주저앉아 버렸다

소식이 깜깜하여
막막한 한 마음
쓸 때 없는 기다림만 하고 있을까

멀리 간 친구도 오래되면
이름 잊은 법인데
기다려보는 그 사람 소식 답답하구나

때 되면 올 줄 알면서
전화기를 손에 들고
하던 일 뒤로 미룬 채 확인하고 확인한다

오늘도 서성대며
전화기만 만지작댄다

세월이 나를 울리네

우리들의 잔칫날
기다리는 마음 사랑하는 마음
한데 모이는 날
향수에 젖어 노래하고 춤도 춘다

문화와 예술이 꽃 피우면 백성이 편하고
뜨거운 마음 나눌 때는
세상이 행복해진다

가거라 삼팔선, 동백 아가씨도
역사 속으로 조용히 떠나버렸지만
오늘이 강서호남향우연합회가
노래자랑 하는 날이다

바라보는 내 가슴에
눈물이 흐른다

＊ 2007. 5. 21. 강서구 '호남향우회가' 저작권등록. 지현경 작사, 오민우
  작곡.

안방의 벽시계

쉬지 않고 돌아가는
너는
힘들다 말 하지 않는구나

깊은 잠에서 깨어 시간을 볼 때마다
시각을 전하는 안방의 벽시계
눈 마주 친지도 사십 년이 넘는다

슬며시 눈을 뜨고 가만히 쳐다보면
변함없이 정다운 얼굴
시간은 흘렀어도 새벽은 아직 멀다한다

다시 눈을 감고 잠을 청해보지만
귓전엔 여전한 시계소리만 들린다

눈도 귀도 탁해져
돌아가는 바늘이 보일 듯 말듯
오늘도 너에게 시각을 묻는다

보고 싶다

오래전에 만났던 인연
지금은 어디서 살고 있을까?
연말이 되면 더 보고 싶다

어릴 적 사람들
얼굴이 얼마나 변했을까?
키는 얼마인지 가늠하기가 어렵다

직업은 무엇인지
잘 살고 있겠지

겨울오고 연말이 돌아오면
그 옛날 옛 친구들
물밀 듯 보고 싶어진다.

향 기

예쁜 꽃향기보다 더 좋은 것은
베푸는 마음의 향기라네

코끝에서 발끝까지 흐르는
꽃향기는

벌과 나비를 부르는데 십 리도 못 간다

베푸는 마음의 향기는 천리만리 강산을 넘는다

무게는 지구와 같고, 소리는 파도를 일으킨다
감춰진 마음들을 열어서 나누면
온 세상이 꽃이요, 천국이라네.

제5부
옛날을
더듬으며

어제 만나본 기둥
– 남재희 전 장관님

대한민국이 떠들썩했던
그 날들

당신의 거침없던 목소리가
오늘밤 가만가만
메아리로 되돌아온다

만나 볼 때마다
구부러진 데가 없었고
다듬을 말도 없었다

먼 훗날
기둥의 기초석으로 빛날 모습으로
님의 발자취는 변하지 않아
격동의 길을 헤치리라

소주 한 잔
맥주에 타 드시면서 이르던
주옥의 가르침이 나를 흔든다

＊ 남재희 : 전 노동부 장관

강서의정동우회

옳은 정치 시작은
기초의원부터다

온갖 경험 다하고
쓴맛 단맛도 다본 이들
세상만사 경험 얻은 이들이 구의원이다

구청행정 감시감독
바른 강서 빛이 되고
4년 동안 노력 끝에 구민들 편해졌다

절약정신 앞세우며
2019년 강서 예산 9,800억 원
이 돈으로 62만 명 보살핀다

1대, 2대, 3대, 4대, 5대
선배들 땀방울이 송글송글 맺혀
강서구가 으뜸이 되었으니
서울에서 최고의 강서가 되리라

* 의정 동우회 만난 날

국 회

연말이 다가와도
날마다 떠들어대는
대한민국 국회

국회는 한 해의 막을
내리지 못하는구나

국민을 핑계 삼아
여야의 힘겨루기만 하고
쓸데없는 밀고 당기기로
국민들 가슴만 멍든다

마지막 달에
국회는 문을 활짝 열고
국민의 애간장이
눈 녹듯 사라지게 했으면 좋겠다

밤

밤이 숲을 지난다

바람의 날개 스치는 소리
새벽이 오고 있디

그대가 지키는 생명도
소망도
시간을 따라간다

깊은 잠
편안한 밤
영혼이 잠시 휴식했던
밤이 지난다

가을 정情
- 이용대 시인께

입이 열 개라도
말을 해야 시원하다

천리 길 떨어졌지만 마음은 옆 동네로
없던 전화 올 줄 알고
이제 저제 기다린다

쌓은 정 너무 깊어
어쩔 방법이 없음이다

귀에 익은 목소리가
창창히 수화기를 울릴 때면
열 가지 염려에서
안심되며 벗어난다

명예박사

만 가지를 알아야
박사라 했다

척척박사 만물박사
이것이 박사다
하나만 깊이 알아도 박사라 한다

외길을 가는 자는
명예박사가 되고
샛길을 가는 자는 눈치박사가 된다

배우고 또 배우고
어느 것이 명예로운
삶인가

＊ 내가 수여받은 명예박사를 생각하며

발산식당에 홀로 앉아

약속 시간도 아닌데
새벽 05시
발산식당에 나 홀로 앉는다

어제 친구들과 나누던 한잔의 그 맛
서울 막걸리 생각이 떠오르고
진열장 속에서는
고향 술 잎새주가 기다린다

공기는 못 가져와도
물은 싣고 올 수 있어
잎새주 한잔 더 하면 밥맛이 꿀맛이다
후식으로 내 주는 원두커피도 일품

발산식당 주인은 뭘 먹고 사는지
밥값도 술값도
강서구에서는 최고 싼 식당이다

서비스가 더 좋아
손님들이 들끓는다

사람다운 사람

건강한 사람
많이 배운 사람
돈 많은 사람

출세도 좋지만
사람다운 행실을 안 하면
사람이 아니다

몸을 함부로 쓰고
배웠다고 교만하고
돈 많다고 허세부리면
그들은 사람이 아니다

건강할 때 부지런하고
학식은 만인의 손과 발 되고
재물은 골고루 베풀어야
사람다운 사람이다.

허공 소리

어디서 들려오는 가냘픈 저 소리가 심금을 울린다
목소리도 아닌 것이 가슴을 때린다

들릴락 말락 사라졌다가 살아나고 다시 들리는 저 소리
누가 울리나?

나팔소리도 피리소리도 아닌 것이 가슴을 친다

부모님을 잃은 자식들이 슬피 우는 소리도 아닌데
애절하고 간드러지게 간장을 태우는구나

누가 저렇게도 심금을 울리는가
내 가슴으로 들어와 머리 위로 나갔다가
발끝으로 사라진 저 소리

밤을 지새우며 뜨겁게, 뜨겁게 메아리친다
어느새 먼동이 트니 더 멀리 내 곁에서 사라진다
저 소리가!

어머니, 우리 어머니

어머니 곱던 그 손이 오늘 보니 어머니 얼굴입니다
무 배추 심어 두시고 아침마다 물을 주시던 어머니
보드라운 파란 잎이 어머니 얼굴이었습니다

기나긴 수 세월
뜨거운 뙤약볕 아래서 김을 매시던 어머니
심어둔 배추가 가을이 되어 속이 여물었습니다.
겉잎이 노랗게 물이 들어
찬찬히 들여다보니 어머니 얼굴을 닮았네요

우리들 학교 보내 주시고
시집 장가 보내주시던 그날
어머님은 기뻐하셨습니다.
손자 손녀 보시던 그날은 최고의 날이었습니다
돌아보니 어느새 어머니 얼굴에 저승꽃이 피었네요

한 점 필 때 큰아들 낳아 길러주시고,
두 점 필 때 둘째딸 낳으셨습니다.

8남매 낳아 길러주시고 돌아보니
벌써 어머님은 풀잎 옷으로 갈아입으셨네요,
우리 어머니!

소띠끼로 나간 나

깔망태 어깨에 걸치고
조선 낫 갈아들고
소고삐 감아쥐고 들로 나갔다

여기저기 풀속에
소똥들이 즐비하다
말똥구리들 모여서
한참 작업 중이다

우리 소가 먹는 풀은
깨끗한 잔디풀
가끔 돌아보면 벼이삭도
슬쩍 말아 입속으로 들어갔다

깔망태 가득 채우고
소고삐 잡아당기면
얼마나 많이 먹었는지
배꾸리가 빵빵했다

오늘은 우리 아버지가
웃으시겠지!
아들보다 아끼시는
우리 집 황소 한 마리

언제나 가족처럼
보살피며 키웠다
봄에도 논밭갈이
땀 흘리며 일하고

여름 한 철 쉬었다가
가을 들면 쉴 새도 없다
너와 나는 함께 살아가는
우리 집 황소

소죽 쒀서 퍼주면
입맛 다시며 새김질한다
하루라도 떨어지지 않는
사랑하는 우리 황소

가는 세월 따라 너만 두고
슬쩍 서울로 떠나버렸다
오랜 세월 칠순이 넘다보니
오늘 왠지 황수 생각이 난다

예쁜 말

뚝뚝 자르면
멀리 튕겨 나가고

살금살금 자르면
자리에서 모인다

가벼운 것은
바람 불면 멀리 날아가고

무거운 것은
물에 띄우면 가라앉는다

더듬더듬 사는 것도
이와 같아서

큰소리도 낮은 소리도
얼게미로 걸러내면

말하는 이도 말 듣는 이도
모두가 편안하다

지현경 제2시집,
『길 위에 홀로서서』 중에서

이 용 대

(시인, 한국문인협회 윤리위 부위원장)

들어가는 말

자기 삶 전체의 면면을 글로써 세상에 남기려는 지현경 시인(명예박사)의 애착과 집념이 실로 놀랍다. 본인이 지나 온 평생의 이야기와 사건사물에 대한 사색의 결과를 일기처럼 매일매일 문자로 띄운다. 그만큼 마음의 진솔한 편린을 한 줄 글로 만들어서라도 애써 전하고 싶은 설레임이 일상 속에 가득 차 있음을 볼 때 그렇다.

나이가 들면 굽이굽이 걸어 온 옛길을 누구나 가끔

씩 되짚어보게 된다. 삶의 여정에서 본인도 모르게 베어난 눈물과 어쩔 수 없이 겪어야 했던 행로의 곡선들, 그리고 차마 말로 풀지 못할 고뇌가 산과 같을 것이다. 뒤돌아보면 아늑하고 앞을 내다보면 험로인 것이 삶이다. 그러나 이러한 환경과 여건에 좌절하지 않고 내일을 향해 우리는 전진을 거듭한다. 그러다 보면 어떤 사람은 큰 업적을 쌓게 되고 어떤 이는 작은 결과를 만들게 된다. 대 소의 행적에 관계없이 그 흔적은 걱정과 근심의 뒤범벅이라 해도 과언이 아니다. 흐느낌 없이는 갈 수 없는 길, 이 길을 오늘도 우리는 한 발짝 두 발짝 헤치며 걷는다.

저 멀리 바다위에 우뚝 서
육지를 바라보고 있는 섬, 거문도
섬이 세 개라 해서 삼도(三島)라고도 했다

장흥 관산에서는
아스라한 바닷길의 섬

겨울철 농한기에 어머님이 미꾸라지를
삼도에 내다 팔으셨다
오실 때 삼치랑 귀여운 새 한 쌍을
사오셨다

노란 부리 파란 날개 작은 몸집
파도를 헤치는 뱃머리에 앉아
우리 집으로 왔다

대 조롱 안에 물 한 종지기
서숙(조) 한줌 넣어주면
조잘조잘 먹고 마시던 소년의 친구

삽두이 명문 새 한 쌍을
아들이 좋아해서 고이 안고 오셨던
어머님이셨다

　＊ 서숙 : 조의 방언

－「동박 새」 전문－

　이 글이 내포하고 있는 흐름의 내용을 지그시 눈감고
그려본다. 옛 시절 그 어려웠던 가정 형편을 헤치고자
어머니는 물길 먼 거문도로 미꾸라지를 팔러 가셨다. 섬
에 없는 미꾸라지를 나무로 만든 대야에 담아 통통거리
는 발동선을 타고 섬으로 향하셨던 어머니. 담아 가야할
그릇이라도 변변한 것이 없었을 때라 들고 가기에 그 얼
마나 불편했을까.

　통통배는 거센 파도에 나뭇잎 같이 흔들렸을 것이며
섬에 들어가서는 돈을 아끼기 위해 점심도 굶었던 모심

^{母心}임을 시를 통해 알 수 있다. 배고픔을 참아 견디며 어린 자녀들 생계를 위해 몇 푼 안 되는 돈을 챙겨보려는 노력에서 겪은 신고^{辛苦}는 또 어떠했으리.

이러한 고난 속에서도 아들에 대한 어머니의 사랑은 실로 눈물겨웠다. 아들이 웃으며 좋아 하는 모습, 단지 그것 하나를 생각하며 노란부리 파란날개의 조그마한 동박새 한 마리를 거문도에서 구하여 조심조심 싸안고 오셨다. 허기지고 고단한 체력이었음에도 불구하고 그 먼 바다 길에서 말이다. 여자는 약하지만 어머니는 강하다는 말이 실감나게 하는 시임을 함께 알 수 있게 한다. 그 거문도 새는 어머니와 함께 지금도 지현경시인의 생각 속에 파닥거리며 살고 있다.

우리들 잠깨기 전
질척거리는 논밭 길을
이른 새벽에 다녀오셨다

아침밥 잡수시자마자
삽을 들고 나가시던 아버지
하루해가 다 지도록 논과 밭에 사셨다

물 귀도(물 빼는 곳)
쥐구멍도 수시로 살피며

봄부터 가을까지
한 순간도 편히 앉아 계시지 못하셨다

오직 가족들 생각에
흙탕길을
묵묵히 걷고 걸으셨던 아버지

뒤꿈치에 구멍이 날 정도로
신고 또 신으셨던
고무신 한 켤레만 남기고 가셨다.

—「아버지의 고무신」 전문—

아버지란 누군가. 한마디로 말하자면 가정의 최전방에 서서 가족을 보호해야만 하는 불변의 수호자다./ 아버지의 눈에는 눈물이 보이지 않으나/ 아버지가 마시는 술에는 항상/ 보이지 않는 눈물이 절반이다./ 아버지는 가장 외로운 사람이다./라고 김현승 선생은 그의 시 '아버지의 마음'에서 이렇게 끄집어내고 있다.

시인의 아버지는 농부였다. 고단한 농사를 짓다가 잠시나마 앉아 쉬면서 평생을 술 한 잔도 하지 않으시면서 오직 아내와 자녀를 위하는 생각뿐이었다. 아버지가 하는 일 모든 것은 가정과 직결된다. 가정을 위한 일이라면 진길 마른 길을 구별하지 않는다. 구차한 일이든 아니든 어느 때고를 마다않고 굳게 걸은 사람 그런 사람, 아버지. 그러니 그의 신발인들 오죽했겠는가. 그러했던 아버지가 세상 떠나셨던 날 그가 남기고 간 흔적이란 고작 다 떨어진 고무신 한 켤레 뿐이었다. 아들은 그 신발을 끌어안고 또 얼마나 울었겠는가.

가끔씩 찾아오던 이가
언제 떠났는지
영영 소식이 없다

말씨도 곱고 정도 많았고
참 좋은 성격에다
우정도 깊어갔다

잊을만하면 생각나는 사람
가을이 돌아오니
문득 문득 그 사람
그리워진다

만나고 싶지만 만날 수 없고
가신지 오래
그곳에서 잘 있어다오
—「정다운 친구」 전문—

그런 줄 모르고 이제나 저제나 너의 소식을 기다렸다.

그리고 불쑥 나타날 모습만 그려보고 있었다. 그런데 어인일인가. 안 찾아 온 게 아니라 못 온 것이었다. 알고보니 원망만 하고 있던 그런 일반적인 원인이 아니었다. 다시 만나곤 하던 길을 무엇이 이토록 가로 막았을까. 그 이유란 네가 아직은 건너지 말아야 할 저 피안의 강을 너무 일찍 건넜기 때문이다. 이러한 사실을 나중에야 알았다.

왜 이제야 알게 됐을까. 폭포같이 흐르는 눈물을 멈추면서 시인은 한 동안 할 말을 잊어버리고 말았다. 친구와의 영원한 이별, 이토록 주체할 수 없는 슬픔 속에서 마지막 불러보는 너의 이름이 될 줄이야. 대답 없는 목소리는 연기같이 허공으로 사라질 뿐이다.

싸늘한 바람이 옷깃을 헤집는 가을 들녘에 서서 조용히 입을 연다. 친구가 보고 싶다고. 그 머나먼 별나라에서 잘 있느냐고. 가슴에 사무치듯 뜨거웠던 우정에 눈시울이 다시 붉게 젖는다.

아름다운 별이 있다
평생을 같이 있어도
나타나지 않는 샛별이다

즐거울 때는 누구보다 더
즐거워하면서
미움이 찾아올 때는 마음 토닥이는 별

가서는 안 될 길은
발걸음을 당기고
가야할 길을 앞서서 밝게 비춘다

기쁨도 슬픔도
함께 하는 별
힘들고 어려워도 올곧게 살라 하며
지혜로 세상길을 조심히 가라한다

세상에 태어날 때 나와 같이 태어 난 별
보고 듣고 먹고 입고 같이 살아왔는데
칠십삼 고개를 넘어서야
다시 너를 찾는다

—「나의 별」 전문—

    별은 밝을 땐 나타나지 않는다. 밤이라야 비로소 멀리
서 빛을 보낸다. 오직 앞만 바라보며 수 억 광년을 달려
온 빛이다. 해와 달도 그러하듯 그렇게 먼 곳에서 출발
하여 지금 도착하는 별빛이지만 굴절되었거나 조금이라
도 변하지 않았다. 무질서하고 방종이 종횡무진 하는 어
두운 현실에서 올곧은 자세를 견고히 지키는 것 또한 고

독한 별이라 칭한다.

사람의 심리 중에 가장 귀한 것은 한 번 연 마음 변치 않는다는 것이고 진실과 진리를 알고 사모하며 지키려 한다는 무변단심에 있다. 진리와 진실 또한 별처럼 불변이기 때문이다. 빛이 있다는 것은 살아 있다는 반증이기도 하다. 자주변하며 빛이 있었다 없어졌다는 하는 것은 허위이며 사술이고 한순간 눈을 홀리는 현혹이지 진리가 아니다.

시인이 살아오면서 초지일관 마음 굳게 간직한 것은 양심이고 정직이며 솔직함이다. 그리고 부지런 함이다. 이게 별이다. 평생을 함께 하면서도 밖으로 드러내지 않은 그의 별, 기쁨도 슬픔도 함께 해온 자아의 그림자. 내속에 있는 「또 다른 내가」 되어 별처럼 가슴 속에 자리하고 있다. 그래서 이것이 바로 칠십 평생 지켜온 양심이란 것으로 나와 동행하고 있다는 것이다. 시인이 자칫 어두운 길을 가려고 할 때는 진리라는 별이 나타나 그게 아니라고 발길을 돌려 세운다.

누구나 이와 같은 '양심의 별' 하나는 깊이 간직하고 살아야 할 것이다. 양심의 별은 마음을 비춰주는 거울이며 행동과 발걸음을 밝히는 등불이 되는 것이기 때문이다.

나가는 말

시는 혼자만의 소리며 온 몸으로 나타내는 그윽한 외침이고 독자를 향한 강열한 전달이다. 시詩도 사실은 개인역사 표현의 문학적 한 방법이다. 자기만의 체험과 체득이 그 출발인 것이며 윤곽을 형성하는 큰 기본이 된다. 생활 속에서 부딪치는 온갖 사건에 대한 특별한 느낌의 표출인 동시에 그에 대한 침전寢殿의 감각感覺을 최상으로 끌어 올리려는 절실한 표현이다. 그러므로 잘 쓰고 못 쓰고의 문제가 아니다. 행간마다 서려있는 곡절이 얼마나 절절하고 진솔했느냐에 딸려있다 할 것이다. 틈틈이 모아 두었던 작품을 이렇게 책으로 펴낸다는 것도 아무나 하는 일이 아니다. 그렇기에 누가 읽든 안 읽든 간에 스스로의 크나 큰 족적인 것이며 평생에 남기는 고귀한 흔적이다.

특정한 사람의 시집을 펼침에 있어 대하는 관점이나 각도에 따라 평評과 해설과 감상이라는 몇 가지 모양으로 나타내게 되는데 여기서는 다만 편안한 입장으로 지 시인의 시와 접촉했다. 따라서 지현경 제2시집 작품 78 편 중 4편을 골라 독자의 이해를 돕기 위한 감상 글을 나 름대로 좀 써보았다. 작품집 발간을 진심으로 축하하며 계속적이고도 좋은 시들이 책으로 거듭 만들어져 큰 반 응을 불러일으키기를 기대한다.

길 위에 홀로 서서

초판 인쇄 · 2019년 4월 5일
초판 발행 · 2019년 4월 19일

지은이 | 지현경
펴낸이 | 서영애
펴낸곳 | 대양미디어

출판등록 2004년 11월 제 2-4058호
04559 서울시 중구 퇴계로45길 22-6(일호빌딩) 602호
전화 | (02)2276-0078
팩스 | (02)2267-7888

ISBN 979-11-6072-041-9 03810
값 13,000원

* 지은이와 협의에 의해 인지는 생략합니다.
* 잘못된 책은 교환해 드립니다.

이 도서의 국립중앙도서관 출판예정도서목록(CIP)은 서지정보유통지원시스템 홈페이지
(http://seoji.nl.go.kr)와 국가자료공동목록시스템(http://www.nl.go.kr/kolisnet)에서
이용하실 수 있습니다.(CIP제어번호 : CIP2019012961)